【 名 家 诗 歌 典 藏 】

洛夫诗精选

洛夫　著

长江出版传媒　长江文艺出版社

图书在版编目（CIP）数据

洛夫诗精选 / 洛夫著. -- 武汉 ：长江文艺出版社，
2023.10
（名家诗歌典藏）
ISBN 978-7-5702-2299-5

Ⅰ. ①洛… Ⅱ. ①洛… Ⅲ. ①诗集－中国－当代
Ⅳ. ①I227

中国版本图书馆 CIP 数据核字（2021）第 265838 号

湖北省版权局著作权合同登记 图字：17-2019-116 号
本著作物经北京时代墨客文化传媒有限公司代理，由黎明文化事业股份有限
公司授权，在中国大陆出版、发行中文简体字版本。

洛夫诗精选
LUO FU SHI JINGXUAN

责任编辑：孙　琳　　　　　　　　　责任校对：毛季慧
封面设计：颜森设计　　　　　　　　责任印制：邱　莉　杨　帆

出版：长江出版传媒　　长江文艺出版社
地址：武汉市雄楚大街 268 号　　　　邮编：430070
发行：长江文艺出版社
http://www.cjlap.com
印刷：湖北恒泰印务有限公司

开本：880 毫米×1230 毫米　　　1/32　　　印张：4.75　　　插页：4 页
版次：2023 年 10 月第 1 版　　　　　2023 年 10 月第 1 次印刷
行数：3496 行

定价：42.00 元

| 目 录 |

饮

用一根芦管从你眼中汲取，上升，上升
青脉就像一条新开的运河，畅流无阻

饮你满身的光，你的神奇，以及完整
十九岁的隐笑和浅浅的羞红
你原是一只洁白的玉杯
我便醉了，醉于你柔柔的呵责
醉于一个至美的完成
以及一个诺言
你曾不许我告诉别人

你说要拥有一个茂密的果园
遍布白玫瑰的御林军，然后把我囚禁
用秀发编成软软的绳子
捆我在六月的葡萄架下
这样，我就仰卧不起，饮你的十九岁
你的眼睛使我长醉不醒……

风雨之夕

风雨凄迟
递过你的缆来吧
我是一只没有翅膀的小船

递过你的臂来吧
我要进你的港，我要靠岸
从风雨中来，腕上长满了青苔

哦！让我靠岸
如有太阳从你胸中升起
请把窗外的向日葵移进房子
它也需要吸力，亦如我
如我深深被你吸住，系住

石榴树

假若把你的诺言刻在石榴树上
枝丫上悬垂着的就显得更沉重了

我仰卧在树下，星子仰卧在叶丛中
每一株树属于你，我在每一株树中
它们存在，爱便不会把我遗弃
哦！石榴已成熟，这动人的炸裂
每一颗都闪烁着光，闪烁着你的名字

我曾哭过

三月的阳光缠着常春藤，缠着也笑着
记忆的河床淤塞着泥沙
我曾哭过
眼泪流自阳光的笑声

昨夜，噩梦压我的胸脯
风以软软的脚踹我
沉落沉落，直坠无底的深渊
我是一只追逐落日的纸鸢

晨起推窗，问青山果实几时成熟
青山仅答我以伐木的叮当

布谷鸟衔来绿色的阳光
三月的丛林中人语隐隐
当河床泛起另一次春潮，我曾笑过
笑声来自一粒种子的死亡

生活

嚼着五毛钱的鱿鱼干

这条路我走得好吃力

黄昏，落叶挂来冬天的电话

说太阳要打瞌睡

在淡淡的雾所统治的十一月

连唆使女人偷吃果子的蛇也要睡了

摸摸口袋，今年该添一袭新的蓝布衫了

我不能让热情再一次押入当铺

昨天，云很低

朋友向我索酒

他说醉后的天会变得很高，很蓝

然而，唉！抽屉里只有卖不掉的诗

我无言关起窗子

任北风讪笑而过……

窗下

当暮色装饰着雨后的窗子
我便从这里探测出远山的深度

在窗玻璃上呵一口气
再用手指画一条长长的小路
以及小路尽头的
一个背影

有人从雨中而去

海

海的风貌清朗，虽然有些人并不这样想
信天翁也不这么想，哦，那落日
当落日从你那窄门里退出，我正整冠而进

那众多的岛，那郁郁的棕榈是你的臂
环抱着居无定处的云彩，你与时间同在

云彩只是灰尘，我乃为爱而来，爱不是云彩
但你赐给云彩以洞灼万世的光华，我心中不再幽暗
我将与你同在，如我能得到你的垂顾

有时他们把你当作谄媚之城
你的眼睛是一扇门，闪烁着蛊惑的光
以幻景召引我，星辰照耀我，夜潮呼我的名

于是，我将影子留在陆地，走上你的阶台
我奔向你，在一个有月亮的晚上

哦，在一个有月亮的晚上

你以全身的光华洗我玷污的额，濯我伧俗的足

我便满足于那荣耀，那洁白，洁白如雪

而且我再不匮乏，我愿与你恒在

当落日盈盈下沉，我便站在岩石上挥手向世界告别

四月的黄昏

是谁偷取了老画师的意境，这一窗风雨
墙上的那幅山水隐藏了一份醉意

每只眼睛都在闪动，每片叶子都在凝定
闪动而又凝定，亦如那子夜静静的星河

当教堂的钟声招引着远山的幽冥
一对紫燕衔来满阶的苍茫……

踏青

吹着一些风，白杨远远地摇着迎接的臂
你来了，来拾取溪涧的花影，墓地的哭声？
再不要走过那些小径，那些寂寞的桥拱
你早在那里踩下了脚印

天空游行着年轻的太阳，树上流着绿色的风
有人在林子里采集成熟的春色
有人在树后窥探蜂与花草的秘密
而你醉卧溪畔，想用手捞起流水的呜咽

那只断了线的纸鸢早已乘风归去
你还在仰望，手里捻着一个飞不起的恋……

注满一杯酒，举盏向微笑的晴空祝福
翱翔的雏燕在春风里画着一个个生命的圆
时间的驿车已辘辘远去，让死亡的死亡
听！深山在向你发出严肃的召唤

街景

常在其中，一粒沙尘的存在
我的渺微是因为大海的滔滔？

戴着宽边草帽的航海客
找不到一座岛，岛浮游在呼啸的远海
在向远处伸展的尤加利树的柯枝上
原想系上那只小船，载着一舱青天
但不能，我怕潮水把意志的缆冲断

找不到一座岛，我就是岛
这里有众多的岛在浮起，又沉没……

殒星

划亮炫眼的光辉，无声地坠落尘埃
曾游过时空的河流，飞越过风雨的群山
你原是一个专演悲剧的角色
像远古的英雄到海外寻求慷慨的死亡

仅闪烁过瞬息的光华
但在时间的长流中你已永恒
亦如爱者的贞操，智慧的诗篇
任凭宇宙多变，你我永属同源

向海洋

——送张默出发海上

陆上太贫瘠，陆地上收获的尽是些苍白的记忆
于是，携着满匣子的梦，炙热的思想
你到海上去搜集风雨的语言，云雾的形象

朋友，去啊！我以满盈的圣杯为你饯行

上帝曾在海上显示过神奇，海是爱的矿源
感受了那巨浪，苦涩的泡沫以及难耐的昏眩
你懂得了自然的奥义，因而你的诗也燃烧

朋友，去吧！我以满盈的圣杯为你饯行

海洋创造了无穷也奉献了无穷
在那里，你可向海底捞星辰，向鱼族索爱情
在那里，你没有什么遗失，只有获得

朋友，去啊，我以满盈的圣杯为你饯行

选择你所爱着的，捕捉你所梦及的
但，不要对海鸥傲慢，献出你所有的
因你们已属于同一领域，同一时间与空间

朋友，去吧！我以满盈的圣杯为你饯行

微云

栖于南山，那时，我曾与你伴游
我们都向往那一点轻盈，一点渺茫
飘然而去，不知所止

冷风扬起你皙白的脸，向大地投一抹微笑
光的透射，影的重叠
你飞过便带走一天星月

超越时空的浩瀚
无心无欲，你已无所羁绊
只是你不愿舍弃那群山，那危岩，即使——
高处不胜寒

世上没有你的家，你该归去
但你却喜欢遨游，以无涯逐无涯
历千古浩劫无损于你的贞洁，悠悠荡荡，如清风拥抱明月
不羁，不朽，永恒的存在，真实的虚幻
无所生长，何从幻灭？

我恒向你仰望

哪里有你的轨迹，你的实体？你只射我以逼人的光华

从虚无到虚无，正如我来自红尘又归向红尘

向你仰望，穹苍无际，你正把我引向无际

就这样，我把自己焚烧

远处的火，哦！那闪闪的光，我乃化为一缕烟，一片虹

本身没有光，赤裸亦如我，谦卑亦如我

冉冉升起，我们同赴太阳的盛宴

石室之死亡（节选 20 节）

1

只偶然昂首向邻居的甬道，我便怔住
在清晨，那人以裸体去背叛死
任一条黑色支流咆哮横过他的脉管
我便怔住，我以目光扫过那座石壁
上面即凿成两道血槽

我的面容展开如一株树，树在火中成长
一切静止，唯眸子在眼睑后面移动
移向许多人都怕谈及的方向
而我确是那株被锯断的苦梨
在年轮上，你仍可听清楚风声，蝉声

2

凡是敲门的，铜环仍应以昔日的煊耀

弟兄们俱将来到，俱将共饮我满额的急躁
他们的饥渴犹如室内一盆素花
当我微微启开双眼，便有金属声
叮当自壁间，坠落在客人们的餐盘上

其后就是一个下午的激辩，诸般不洁的显示
语言只是一堆未曾洗涤的衣裳
遂被伤害，他们如一群寻不到恒久居处的兽
设使树的侧影被阳光所劈开
其高度便予我以面临日暮时的冷肃

5

火柴以爆燃之姿拥抱住整个世界
焚城之前，一个暴徒在欢呼中诞生
雪季已至，向日葵扭转脖子寻太阳的回声
我再度看到，长廊的阴暗从门缝闪进
去追杀那盆炉火

光在中央，蝙蝠将路灯吃了一层又一层
我们确为那间白白空下的房子伤透了心
某些衣裳发亮，某些脸在里面腐烂
那么多咳嗽，那么多枯干的手掌

握不住一点暖意

6

如果害怕我的清醒
请把窗子开向那些或将死去的城市
不必再在我的短髭里去翻拨那句话
它已亡故
你的眼睛即是葬地

有人试图在我额上吸取初霁的晴光
且又把我当作冰崖猛力敲碎
壁炉旁，我看着自己化为一瓢冷水
　　　一面微笑
　　　一面流进你的脊骨，你的血液……

15

假如真有一颗麦子在磐石中哭泣
而且又为某一动作，或某一手势所捏碎
我便会有一次被人咀嚼的经验
我便会像冰山一样发出冷冷的叫喊
"哦！粮食，你们乃被丰实的仓廪所谋杀！"

夏日的焦虑仍在冬日的额际缓缓爬行
缓缓通过两壁间的目光，目光如葛藤
悬挂满室，当各种颜色默不作声地走近
当应该忘记的琐事竟不能忘记而郁郁终日
我就被称为没有意义而且疲倦的东西

23

别因一座建筑之完成而唾弃我，弟兄们
你们将如春天的睡衣在冬天醒来
你们将如脱落的牙齿，抽出骨骼的树林
如此软弱，宛如草根伏行于地
失血的岩石亦将因盗取日光而遭鞭笞

我曾是一座城，城堞上一个射口
当浪漫主义者塞我的灵魂于烧红的炮管
今天的啸声即将凝固为明天的低吟
骑楼上只悬挂着一颗须眉不全的头颅
你们或因绞刑机件的过于简单而欢呼

24

于是你们便在壕堑内分食自己的肢体
如大夫们以血浆写论文，以眼珠换取名声
那臼炮的一呼一吸多么动人
一轮裸日迅速地从钢盔上滑落
你们只要通过一具瞄准器即成不朽

从蜥蜴的目光中发现温驯，肤色上找到执拗
去年，我想到你们可能就是这种动物
想到战争，战争是一袭折不拢的黑裙
当死亡的步子将我屋顶上的一抹虹踢断
我猛忆及你们有一双乌贼吃过的眼睛

28

如果我们邂逅在清明节的小路上，姐妹们
你们能不把亡魂如彩伞般嬉弄？
在不笑的面颊上又一次纵容自身的失败
一部分在飞去的纸灰中遗忘
另一部分在清醒的新坟中寻到

你们总以自己的眼色去理解男人的满足

诔辞如石井上的青苔，脚步一松

欲望便被摔烂成一堆兽尸

倘以肮脏的绩业去堵塞岁月的通道

便有人骂我为一比春天还无聊的家伙

29

纵使在一匹巨兽的齿缝间

你们还要争论唇膏与地狱的关系

你们吐昨夜的贪婪于棉被上

且从双目中取出春衫与匕首

逼那些坏丈夫将尊严如口哨般浪费

至于爱，没有任何事物可使其成为谦和的邻人

可使鲜花不在壁龛上死亡

谁的灵魂中寄居着知识的女奴

谁在田亩中遍植看不见的光辉

你们原该相信，慕尼黑的太阳是黑的

30

如裸女般被路人雕塑着

我在推想，我的肉体如何在一只巨掌中成形
如何被安排一份善意，使显出嘲弄后的笑容
首次出现于此一哑然的石室
我是多么不信任这一片燃烧后的宁静

饮于忘川，你可曾见到上流漂来的一朵未开之花
故人不再莅临，而空白依然是一种最动人的颜色
我们依然用歌声在你面前竖起一座山
只要无心舍弃那一句创造者的叮咛
你必将寻回那巍峨在飞翔之外

37

饮太阳以全裸的瞳孔
我们的舌尖试探不出自己体内的冷暖
A. 卡西，你知道什么是美丽的错失？
指针逐时间于钟面之外，这是唯一的日子
当一袭黑雨衣从那上尉的肩际徐徐滑落

为何一枚钉子老绕着那幅遗像旋飞不已
为何我们的脸仍搁置在不该搁的地方
假若一群飞蛾将我们血里的钟声撞响
便闪出火花来吧，这是唯一的结局

在床上，谁都要经历几次小小的死

45

而早晨是一翻转背走路的甲虫
且行且嚼，我是那吃剩的夜
犹隐闻星子们在齿缝间哭喊
我把遗言写在风上，将升的太阳上
在一喷嚏中始忆起吃我的就是自己

额上撑起黑帷，如泪在颊上栖着
从太阳里走进，向日葵里走出
不知穿一袭青衫像不像那云
如此单薄，云常在某一山谷中病瘦
我在碑上刻完了死，然后把刀子折断

51

犹未认出那只手是谁，门便隐隐推开
我闪身跃入你的瞳，饮其中之黑
你是根，也是果，集千岁的坚实于一心
我们围成一个圆跳舞，并从中取火
就这样，我为你瞳中之黑所焚

名家诗歌典藏

你在眉际铺一条路，通向清晨
清晨为承接另一颗星的下坠而醒来
欲证实痛楚是来时的回音，或去时的鞋印
你遂闭目雕刻自己的沉默
哦，静寂如此，使我们睁不开眼睛

52

赤着身子就是你要到临的理由？
女儿，未辨识你之前我已尝到你眼中的盐
在母体中你已学习如何清醒
如何在卧榻上把时间揉出声音
且挥掌，猛力将白昼推向夜晚

我们曾被以光，被以一朵素莲的清朗
我们曾迷于死，迷于车轮的动中之静
而你是昨日的路，千条辙痕中的一条
当餐盘中盛着你的未来
你却贪婪地吃着我们的现在

53

由一些睡姿，一个黑夜构成
你是珠蚌，两壳夹大海的滔滔而来
哦，啼声，我为吞食有音响的东西活着
且让我安稳地步出你的双瞳
且让我向所有的头发宣布：我就是这黑

世界乃一断臂的袖，你来时已空无所有
两掌伸展，为抓住明天而伸展
你是初生之黑，一次闪光就是一次盛宴
客人们都以刺伤的眼看你——
在胸中栽植一株铃兰

　51、52、53，三节原题为《初生之黑——给初生小女莫菲》

57

从灰烬中摸出千种冷中千种白的那只手
举起便成为一炸裂的太阳
当散发的投影扔在地上化为一股烟
遂有软软的蠕动，由脊骨向下溜至脚底再向上顶撞

—— 一条苍龙随之飞升

错就错在所有的树都要雕塑成灰
所有的铁器都骇然于挥斧人的缄默
欲拧干河川一样他拧干我们的汗腺
一开始就把我们弄成这副等死的样子
唯灰烬才是开始

58

几乎对自己的骄傲不疑，我们蠢若雨前之伞
撑开在一握之中只使世界造成一阵哄笑
一朵羞涩的云，云是背阳植物
床亦是，常在花朵不停的怒放中呼痛
痛，黏黏地，好像绝不能把它推开一般

两臂将我们拉向上帝，而血使劲将之压下
乃形成一种绝好的停顿，且摇荡如闲着的右腿
闲着便想自刎是不是绷断腰带之类那么尴尬
我们确够疲惫，不足以把一口痰吐成一堆火
且非童男

59

我已钳死我自己，潮来潮去
在心之险滩，醒与醉构成的浪峰上
浪峰跃起抓住落日遂成另一种悲哀
落日如鞭，在被抽红的背甲上
我是一只举螯而怒的蟹

前额赤裸，为承受整个的失败而赤裸
对于那人，即使笑笑都是不必要的
潮来潮去，载得动流却载不动愁
天啦！我还以为我的灵魂是一只小小水柜
里面却躺着一把渴死的勺子

60

正午，一匹牝狮在屋脊吃我们剩下的太阳
有人咆哮，有人握不住掌心的汗
有人拥抱一盏灯就像拥抱一场战争
唯四壁肃立如神
稳稳抓住了世界的下坠

我们也偶然去从事收购骨灰的行业

号角在风中，怒拳在桌上

是谁？以从来复线中旋出来的歌声

诱走我们一群新郎

刀光所及，太阳无言

64

没有什么比一树梨花之夭亡更其令人发狂啊

我无从推想，握在左掌中的雕刀

如何能触怒右掌中的血

你或许正是那朵在火焰中活来死去的花

将之深深埋葬在

我们的另一种呼吸中

开花不开花并非接吻不接吻之分

正如我们与你们

并非仅仅为了吃掉那些果

　　　　化成那些泥

以上选自《石室之死亡》

灰烬之外

你曾是自己
洁白得不需要任何名字
死之花，在最清醒的目光中开放
我们因而跪下
向即将成灰的那个时辰

而我们什么也不是，红着脸
躲在裤袋里如一枚赝币

你是火的胎儿，在自燃中成长
无论谁以一拳石榴的傲慢招惹你
便愤然举臂，暴力逆汗水而上
你是传说中的那半截蜡烛
另一半在灰烬之外

逻辑之外

你知道河流为什么要紧紧抓住两岸？
因为它们只有一种死法
尽管渡船在两者之间没有选择
我们宁可分配到一枚烧夷弹
而不愿闻日落的焦味

活着就注定吃那要命的十四行
翻到最后一页还有他妈十四行

这是公墓，其中仅埋葬一个人的声音
回响在心中，鹰旋于崖上
倘若是芒刺，就让它与血相爱
倘若是罂粟，就让它在唇上微笑
诗人的存在哲学就是不想死

烟之外

在涛声中唤你的名字而你的名字
已在千帆之外

潮来潮去
左边的鞋印才下午
右边的鞋印已黄昏了
六月原是一本很感伤的书
结局如此之凄美
——落日西沉

你依然凝视
那人眼中展示的一片纯白
他跪向你向昨日向那朵美了整个下午的云
海哟，为何在众灯之中
独点亮那一盏茫然

还能抓住什么呢？
你那曾被称为云的眸子

现有人叫作
烟

山色之外

太阳在光里静坐，犹之一座山
在另一座山中酿造力量

此后就是你们的注视以及我们的注视
山色也曾醉过，当它饮尽我们的目光
而鹰隼仍在盘旋中搜寻那钟声的回响
我们来了，群树纷纷向秋天窜逃
我们是一队吃绿色的兽

天空驮全部的蔚蓝扑击而下
山躺着仰望

将没有人恐惧那高峰会破云而去
南山仍在南方
唯伐木者已盲掉了采菊人的双目
石级继续上升，唯我们狂奔的脚步
尚迷途于千山之外

果与死之外

绚烂过一阵子也缤纷过一阵子
我们终于被折磨成一树青桃

谁的手在拨弄枝叶？阳光切身而入
我们便俯首猛吸自己的乳房
这时或许一条河在地下从事一种汹涌的工作
在鲜红的唇上，果核被一阵吻咬开
且用舌头递出苦味

只有我能说出死亡的名字
当石磨徐徐推出一颗麦子的灵魂
如一根烧红的钉子插在鼓风炉的正午
我们是一篮在恋爱中受伤的桃子
我们把皮肉翻转来承受鞭打
而任血液
在体外循环

晓之外

猛力推开昨夜
我推开满身的痒
双臂高举，任体温透过十指直冲屋顶
而化为一声男性的爆响

第一个醒来的是整整睡了一宿的床
其次是小女儿的黑眉

　　　跳到右额
唯有睡鞋上的那朵红莲
尚放棹未归……

血醒在血中
如光醒在磷中
噢，墙上那位独钓寒江雪的老汉
将饵扔过来了
——妻以半启的眸子噙住

掀开窗帘，晨色涌进如酒
太阳向壁钟猛扑而去

鞭之外

一挥鞭
蹄声便成为永不回头的山色

与千山并辔而行
我的马儿，边走边嚼着风景
且将路旁三朵茱萸
踢成五朵

奔驰呵，速力在蹄下咆哮
我仰望自己于天之涯
管它五朵或三朵
我仅是敲过的钟声，实在懒得回首去探问
谁是那眼中的落尘
　　　　落尘就是归心

投影

一

假如有人相遇在海上，你是桅樯，我是云
眼睛里常驻留着闪烁，我从你眼中悠悠穿过
以刚落下的那颗星划弧，然后把落日圈住
哦！好长的手臂，掌心里正握着我的孤独

为赶一阵三月的贸易风，我俩在海上并辔而行
谁知道？有人在这里不期邂逅，又淡淡地分离
当日影隐没于岛的悬崖下，在海图上
老船长把我们的回忆以虚线连起

二

没有人真正死过，正如微尘未曾隐失
而墓志上从来不说什么，只刻着一些战争的旧事
唯独那夜歌的调子太低，叶子轻轻把哀伤覆盖

春天碑碣上印着未亡人的齿痕，一个比一个深

钟鸣了，这里已被幽冥长满
黄昏以茑萝缀饰，以纸灰缀饰，以那少妇的喃喃
多余的只是那长长的偃卧在落叶上的碑影
一只鸟从荆棘中惊起，碑影闪进了守墓人的衣袖……

三

所以他们老是埋怨修道院，哦！那些长长的下午
细碎的呢喃，以及悬在两壁的银质圣母像的冷肃
我曾想起，修女们的眼睛是意大利的花园
有早晨大丽花的濡湿，月下郁金香的淡寞

光柱倒垂下来了，祭坛上的半截蜡烛突然熄灭
当有人听到了那悠远的回声，旷野的静默
那眼神就更形赤裸，赤裸得亦如那廊柱的投影
——凡虔诚的都不需要遮拦

四

谁也不曾注意那幅画像，她把春天锁在睫毛里
墙上的钉子不牢，一张嘴便会把笑摔个粉碎

倘若发香溢出，人们就会想起那些熟稔的音容
她像是一个久久隐匿在禁书中的故事

我走过总要仰首凝望，期待那主题偶然的呈现
双眉闪动，她把影子投向我的眼中，情欲正扩展
忽然她发间燃起一团火，热焰逼人
因而锁在睫毛里的春天化为一片轻烟
我捧着脸走开……

吻

以两片黑水藻

轻轻地掩住

不让晚潮打湿我的膝盖

你当懂得海的韵致

　　上等麦酒是怎样醉人的

我的语言没有地方搁置

　　语言焚烧着我的嘴唇

海呀！封闭在一只白釉磁的瓮子里

被腌咸了的岩石，软软的

蝶

法利赛人锤子上的血迹还没有干
你又做了第二个祭品，这是一九五八年
主啊！拔掉你的十字架，我已忏悔
我哭着把春天的一只脚
　　　　　钉在墙上

自以为完成了一次美的征服
却不是罗丹所能容忍的
沉思的人比影子还冷
今后我再也不敢给思想以翅膀
怕也被人攫住，然后钉死

焚烧之前

从未懂得一株睡莲

亦如我不懂为什么

老有人把那一束发香挂在我的窗帘上

且常常飘向某些巷子

　　　　让月光剪断

我曾爱过你单纯的笑

以及不单纯的笑

至于那洁白的尸

拨火的手

——都是焚城前所发生的

我真不懂你

我岂可解释你就是那一眼的冷

乞求你

不要施以宽厚的话语

只因我要学习

越狱者如何坠绳于黑夜

为什么喜欢以泪鞭打别人
且为了叫我不忘记
乃将一个在夏季未曾出现过的神迹
握在你的手掌里

而神奇不再呈现
想你已听到
晨露在麦场上嘶喊
　　　夏日已被燃尽

我的兽

常盘踞于我无遮拦的体内
我的兽
我美好的新郎
以褐色的舌头塞住我惊恐欲呼的唇
那闪射的双瞳，或许自己的预感
要谋杀我的初夜
神哦，在犹大树的叶脉上
你当嗅到毕加索画廊的陈尸
神哦，在姆芝特的古塔里
你当触到里尔克眼睛中的冰雪
我的兽，是个美好的新郎
你会在他的毛发中读到种种
他常紧握你的声音，披你的衣裳
在灰尘中来去
他的蹄，神哦！响着你震怒的言语

那些个早晨
我的兽，把牙齿镶在我白色的腰带上

推我走向阶台

看那岛上的剪烛花萎落何处

看昨夜的月亮如何被海草们绞杀

并要我向潮水索取

那只藏着一些哭声的长颈希腊瓶

神哦

他为什么要我说出

那沉船的主人仍否蓄着傲慢的胡子

是谁躲在暗礁后面

诱我唱那支《棕色的小壶》

神哦，你当看见

他在如何糟蹋你的话语

我的兽

毫无歉意地把你的名字

绣在隔壁房东的绒毯上

任一些不相干的女人躺卧

他又故意戏弄你的谦卑

把它如破袜般挂在晒衣绳上

礼拜天，许多窄门开着

我的兽

逼我从窗口爬进教堂

唆使我，拔取耶稣掌中的血钉

且让烛光照亮我满脸的卑微

当忏悔的男人都已离去

他便藏起那些盛满怜悯的泪瓶先我溜走

神哦！他的确说过

他是你的芳邻

在水仙花季节

我的兽，风流而蕴藉

他教我，李白如何把缎靴浮在酒瓮里

　　　　　拜伦如何为一首诗赌上一条腿

他说：苍白的笑

该钉死在苍白的颊上

幽长的曲调，该跌碎在修伯特的床沿

神哦

他还要我隔着一层布数星子

数一声，骂一句沙冈是个坏女人

但在孟特莱的路上

他却当众念着"花岗石的雕刻"①

我的兽，美好的新郎

即使在热洋铁皮的屋顶上

①　"花岗石的雕刻"原名"右沙陶"，为缅甸之石刻圣经，重七百二十八吨，位于孟特莱的一条路上。

他的笑仍然很软，软得如风

倘若在某一岛上
在某一岛上我或将死去
我的兽
不会为我准备一件殓衣
他将以巨掌掩盖我的尸
在我的颈上，甚至不留下
落一片蛱蝶翅膀的空隙
我就这么赤身露体走进你的黑帷
神哦
在审判的台前，我竟无一丝遮羞

当屋脊上走着灵魂的碎片
晨光被吸住，你说我不属于完整
晨光被吸住，神哦，你的窗子在移动
我的神智便在你的光华中攀升
而那些囚犯们的号衣上
        刻着我记不起来的灰色的静
而我的兽，竟在人的贞操中饲养蛆虫
你的爱因而腐臭

神哦
让你的脚趾从石头中伸出来

我已读过你每一棵树

熟悉它们是在谁的意念中成长

我已尝过你每一片草

每片草叶都是你一条血管

而我的兽

他只认识自己，舐自己每一片鳞甲

从不像我

恒匍匐匐地上吻你走过的袍影

神哦

他且要暗地践踏你的收获

且要永居于我的体内

筑巢于我的眼中

宛如犹大在晚餐中贪婪地啃着

盘中最后一片主的微笑

神哦

我的兽，他也要如此啃我

（你见过蝗虫们的哭泣吗

我就将这样什么也不剩）

因为他的确说过

他是你的芳邻，我的新郎

雪崩

——悼诗人覃子豪

我们一脚将他踢进焚尸炉，他便遽然坐起
享受这被燃烧时的片刻宁静

一

众叶俱白，而黑降伏了另一面
一株树便不再在我们体内跃动
狂风起兮，那人逆风追上
勿触摸那个死者，听！兄弟
年轮中走动的正是我们伤心的母亲

二

谁是层岩，谁是粮食，谁是火焰中的双手，谁是钢铁中的
傲慢，谁是舌底默不作声的焦渴，格格，谁是那血流在麦子里

波动，谁是那断剑在碑石上霍响，格格，谁是母体内扑翅欲飞的惊喜，谁是悲剧落幕前的一声铜锣

格格

谁是那吃月光的醒者

雪崩之后，这些就让他们自己去诠释

以后又怎样；芒鞋停在疾走之上，河川死在奔流之上，床褥找不到睡眠，

歌声找不到嘴唇

哦诸神，以羞辱盖住一切的衣裳

自己裸着，以突出的部分向我们显示不朽

且穿过路人的怒目哄笑而去

如今，雪堆积在我们的内部

使我们听到寂静在擂起轰轰的回响

而回响追上了惊惶的步履

雪崩之后，我们将热度逼出炉火

　　　　飞翔逼出羽翼

　　　　惊悸逼出镜面

　　　　富饶逼出美目

如许的天空塌将下来，毛发缤纷

我们以愤怒顶住，以女性的唾沫顶住

一千页历史因而化为蝶羽，多美的践踏

（我们的灵魂常如告示

　　处处要人诵读

　　而又暗地被人撕毁）

我们的肌骨不再重振田亩的光耀

我们一生腥臭，不能因死而更臭

能不腐朽，我们的脚掌最接近泥土

能不卑微，我们如一条弄皱的裤子站在镜前

雪崩之后

轰然不再是一种声音

让我们再跳一次，只要高过自己的额角

让我们再飞一次，只要飞离自己的羽翅

然后跃进历史，奔驰而去

追赶瘦了双乳的母亲

三

哦母亲，那条黑河又在我们脊背上流过，四足翻踢

痛楚由左岸窜向右岸，而后集中

如一队狼，在雪地追击一个逃亡的太阳

　　　　　　　　　（左岸猿声啼不住）

如一群鹰，啄食挂在悬崖边的一声哀鸣

　　　　　　　　　（右岸猿声啼不住）

而雪崩往往在暗地进行，某种革命在进行
我们借来了辉煌，自杀伐声中，自旗的拔地而起中
在金属捶击中不灭，在庆典的钹声中不灭
在皮鞭与肉体的关系中不灭
在森林与大地的团结中不灭
远方，隐闻鼓音，将军们的双足陷落，陷落
且仰首，望着自己的黄铜雕像从身旁冉冉上升

这些正是使你们昏眩的事物，审判你们的事物
在你们那破眶而出的目光中
与乎不为什么而颤动的两腿之间
果子的成熟与坠落之间
你们是霹雳，饥馑走过打谷场的声音
你们是旷野，食尸鸟在身上研究甲骨文
你们是灰烬，被人叫作丽质之类的东西

四

你们互在眼中布置新房，活着如明日
早晨走过来，犹之新娘前额的清朗
你们把颊上的吻痕锁在镜中
然后爬上露台，踮起脚尖
去看太阳第几度在海面写着

早安，虚无

你给她柔顺以呼吸，她给你执拗以血液
你们曾试过，努力使爱从里面红出来
所谓爱，即是逼出来的汁，酿酒的过程
它不说什么，在被压榨中制造力量

牙齿读着牙齿，乳房访问乳房
你们的缠绵捆住了大地的跃动
你们目光的互撞，震响了满城的钟声
一个引力，万物凝聚其间
一个静止，一切动于其中

任何事物，握在掌中便化成灰
放在嘴上便刺伤舌头
谁愿意将盐渍抹在可有可无的云上
让我们的泪水去咸遍所有的扬巾
谁愿意栽一株白杨在无定河边日夜潇潇
让我们的隐痛在泥土中发声
谁愿意将太阳在一次拥舞中燃尽
——只剩下一堆姿势
谁愿意将大海藏在眼中
而在涸辙中坐看落潮时的悲壮

涸辙哦涸辙，你们原即那挥鞭而去的两条轮痕

在我焦唇上辗过……

(我是那尾东海鱼，渴哦

海水不再从我目中流出

而被辗断的尾巴

在鞭影中跳起，而后软软死去)

我们咬你，兄弟，只因欲望在鞋底踩死

若是微尘，被抹掉有时也造成一种痛快

若是轻烟，被焚烧后才能飞升

若是野冢，唉！狐鼠之穴，弃物之穴

当我们在碑文中找不到自己的门牌号码

便谦虚地让路，鞠躬，而后抱起自己的尸骨回家

雪崩之后，我们便在酒杯中

捞起一个溺死的上帝

五

雪崩之后，你的存在轰然来到

光一般来到，刀尖一般来到，黑死病一般来到

扫荡之风、闪击之风、溃败之风

你进入我们的界，进入我们的生存

进入我们的光，进入我们的时间

进入我们的喜悦，进入我们频频往上的仰视
你立着，大漠孤烟般立着，怒发立于狂暴中
你卧着，仓廪般卧着，谷物在其中清醒

降伏那座山！将其塑成一个希望
降伏那片光！将其逼入那些盲瞳
一系矿脉在后面展开，这是生命
从中采集坚实中的坚实，闪烁中的闪烁
去完成我们内面的建筑
且使千年的迷惘在一声轻咳中惊悟

你双手捏弄着一个呼唤，那声音有神性的孤高
设使你是青果，便向晨曦索取衣裳
设使你是道路，鞋子就是方向
哦！你是钢铁中的暴力，冰雪中的火焰
你征服你的影子，征服作为一座铜像的悲哀
征服果壳中的奥义，征服一副面具的未知
如此勇狠，如此将大理石中的白征服成为欲望
成为主题，成为众人的掌声，成为擂向死亡的拳
成为舞者之舞
武者之不可侮

雪崩之后

一只豹在舐着那人的左脸

六

荆棘之冠，希望戴它永成不了一种时尚
为什么不？为什么我们的血不让大地吸干
而使婴儿草枯萎在母亲的墓旁
为什么我们的神祇不在内里呼救
而使一些雄辩在舌尖上僵死
降伏！所有的颜色均要在掌上出声
降伏！所有的语言均要在唇上屹立

剧场天使

一个无所谓的夜

聚光灯轰然打在男主角的脸上，泪，费了很大劲才流到

唇边

一位观众以打火机点燃说明书及至火光舐完最后一个字

他始愤然离座而去

座椅旁遗下的那只未完全捻熄的烟蒂

躺在那里

设想一切成灰的结局

（火，火，火

一个女人的尖叫像一口痰吐在每人的鼻子上

骚动，狂奔，一个男孩的哭声将另一个女孩刚吹起的泡泡

糖炸裂

鼠群之歌，泡沫之歌，一个城市在众目中陷落

号角齐鸣，而天使们将红色披肩舞成一片绛云）

永远没有人懂的歌声从远处传来：

       我们不知道还有什么比偷一点涩味更为有趣

       从女子们啃过的番石榴上

当月光在额上铺一层凄凉

当一对黑天鹅从她们眸子中悠然游出

不穿法兰绒长裤就无法表示她们也曾是一丛

暴露在窗台的玫瑰

而太阳再晒千年也晒不干

姑娘们的眼睛……

（火，火，火

天使们猛力将双乳掷回给上帝）

蛇在纠缠，而且流血

墙在移动，而且互咬

鞋在喧闹，而且追击

夜在飞翔，而且死去

　　遂有一颗戴假发的头自幕隙向外探望，满脸油彩快速地被惊惶洗得干干净净。他随即缩了进去，而舌头仍然吊在那里。一件道具（想系花瓶之类）摔在台上，这时应该引起一阵哄笑，但竟未如预期发生。灯光顿熄，黑得什么也不剩，现在我们已开始进入一个纯粹的世界。台上每件什物都消灭了个性与位置，捏紧的拳头挥舞时都成了断烛。今夜，主题被压在高潮底下爬不起来，甚至流行的台步，甚至美得令人心疼的对话，甚至互相搔痒而后调笑而后摆荡裙子，甚至那属于卧室的形而下的工作，甚至苍蝇，甚至壁虎，甚至一枚未爆炸的炮弹。

于是，台下四座惊起，演员纷纷逃命，一切不可诠释的事情正待发生。

（两个演员跳下舞台，挤入人群）

演员甲：（轻嘘）我差一点就不朽了！

演员乙：你这疯子，快逃啊！

演员甲：（大声）不朽！懂吗！我只差一点点就接近那么一种很过瘾的不朽

　　　　不朽即是不锈，成堆的纯钢铸成一副大大的脸，在街头与太阳各自占领半个天空

　　　　我乃生为不朽，吞食白昼而呕吐黑夜，我乃非白非黑，我乃黑白之间的那一枚差不多即将不朽的太阳

　　　　我鄙视那些拼命从钢中逃出来的铁

　　　　我不能以月亮或池水或一口经不起分析的唾液为自己打制一面镜子

　　　　我是一堆断乎腐败不了的肉，我将被封为神站在哪吒的左面

演员乙：快！火烧眉毛了！（拉裤子）该死的裤带！

（天使们笑出了眼泪）

演员甲：（独语）

我将升为神

我握有一串可启开一切门的钥匙

证券行之门，市政厅之门，魔术师之门，墓园之
门，门里之门，门外之门，无门之门

我拥有一切当我将不朽浮贴在那副庞大的脸上

但我如此寂寞，登高一呼，甚至连一点回声都
没有

我的的确确差一点就不朽了。

演员乙：为什么差一点？

演员甲：刚才我打翻了一只花瓶。

演员乙：绝。你额角在流血！

演员甲：血，等于赦免，血等于最早的完工，血等于广场
　　　　上一面旗，血是一种凶猛的游戏，血是一种"我
　　　　来了"的宣告，难道你不流血，当你将要不朽

　　　　血凝聚千万种仰视，向我庞大的脸

　　　　向一只大蜥蜴的脸

　　　　（脸上闪着泪光）

　　　　然而，我不得不把头撞在一个巨大的失败上
　　　　　而且受伤。

（天使们开始合唱）

　　　　今夜，任谁耳中的钟声都将成为绝响

　　　　夜在夜的内面呼喊一朵朵蔷薇

夜在夜的内面摇醒一座座高山
我们并非仅仅是浮贴在嘴唇上的那支曲子
我们是一脑门子撞向苍天而被弹回来的那种音响
抓住它
就抓住了全面的辉煌

(剧场一片火海，甲乙演员仓皇夺门而逃)
演员　　：我只差一点就不朽了！

当!
我们终于听到了本世纪中最最美的一记锣声

手术台上的男子

（西贡诗抄）

血

从血中哗然站起——

今年，他才十九岁

他被抬了进来

他很疲倦而且没有音响

白被单下面

他萎缩成一个字母

有些东西突了出来才叫作眼睛

手掌推向下午三点钟的位置

突然，唯一的一只脚垂了下来

水獭般滑入池中

而目光被人搓来搓去

搓成一条干涸了的

河

（白色在吵闹）

十九岁的男子裸成一匹雪山的豹

白色的泪煮着白色的乡愁

薛平贵远征番邦一十八载

雨季中，十九岁的脸

一夜间皱成裱糊店墙上的那幅山水

而十九岁的体内

有金属轻啸

他是一条把额角猛向岸上撞的船

桅顶上，那颗星顿然离了方位

退潮的滩上

天空侧着身子行走

吐着白沫

（白色在吵闹）

手术室中

三个军医在研究

一把刀子划过密歇根湖

浪高几丈？

葡萄糖与 **B52**

麻醉剂与轻机枪

一开始

他便选择了这张窄窄的床

（白色在吵闹）

十九岁的

男子　掌中跃动着一座山的

男子　血管中咆哮着密西西比河的

男子　胸中埋着一尊温柔的炮的

男子　嚼着自己射出去而又弹回来的碎片的

男子　他已改名叫"不可能"的

男子　今年才十九岁

手术台上

十九岁的男子

脱下肌肤

赤裸而去

（白色在吵闹）

从酒吧到散兵壕

从太平洋到太平间

他来了，白盔白甲白战袍

十九岁那么帅的男子

那么年轻的一株加利福尼亚的红杉

十九个年轮上旋着一支青色的歌

　　　十九级上升的梯子

　　　十九只奋飞的翅膀

　　　十九双怒目

　　　十九次举枪

仅仅十九岁的男子十九岁时就那么走进另一个人的体内

去寻求结论

而结论是——

手术台上躺着

十九个窟窿

清明

（西贡诗抄）

我们委实不便说什么，在四月的脸上
有泪灿烂如花
草地上，蒲公英是一个放风筝的孩子
云就这么吊着他走

云吊着孩子
飞机吊着炸弹
孩子与炸弹都是不能对之发脾气的事物
我们委实不便说什么的事物
清明节
大家都已习惯这么一种游戏
不是哭
而是泣

沙包刑场

（西贡诗抄）

一颗颗头颅从沙包上走了下来
俯耳地面
隐闻地球另一面有人在唱
自悼之挽歌

浮贴在木桩上的那张告示随风而去
一副好看的脸
自镜中消失

汤姆之歌

（西贡诗抄）

二十岁的汉子汤姆终于被人塑成
一座铜像在广场上
他的名字被人刻成
一阵风

擦枪此其时
抽烟此其时
不想什么此其时
（用刺刀在地上画一个裸女）
然后又横腰把她切断）
没有酒的时候
到河边去捧饮自己的影子
没有嘴的时候
用伤口呼吸

死过千百次
只有这一次他才是仰着脸
进入广场

无岸之河

（西贡诗抄）

　　　　午夜，一个哨兵
　　　　从枪管中窥视着
　　　　一次日出

月光　可能
马路　可能
照明弹　可能
一朵黑水仙
由河面升起如一披发的少妇
午夜，一阵风
从飞机场那边打个旋再转回来
踢响七只空罐头

午夜十二点
对岸的那排灯光
以流水的姿态一路唱了过去
月在桥下

人在桥上

他抽烟，吐痰，突然侧过脸

他凝视一辆卡车以及轮痕以及后面长长的昨天

他在墙脚解开两颗裤扣然后又扣上

他玩弄一串钥匙

他蹲下用水壶淋着一些字

他在桥头

抓住枪就像抓住一条凶猛的河

河是一面镜

血是镜子的另一面

当两岸吵得很凶

在河边，在月的柔柔呼吸中

他俯身洗他的脸色

看表

依然十二点

十二点的月光　顿然

燃成母亲胸中的那盆炭火

他是盲者

　举枪向天

——每颗星都是自己

钟鸣十二，心跳亦十二

午夜之后

一个呵欠拼成千个问号
河东　或者
河西
他不知该把自己塑在哪一岸

你们　可能
我们　可能
扣一次扳机　可能
撕一叠名册
他好像笑了一下
他把钥匙塞在桥墩底下
他倒了下去
他卧成一条无岸之河
他的脸刚好填满前面那个人的
鞋
印

天空的以及街上的

（西贡诗抄）

发电机

怎么转也无法使全部的灯成为可能

成为众人的眼睛

成为向日葵

成为向日葵恒久的

一种仰望

日落之前

有人在窗口问我那是什么

那是天

天是什么

天是云

云是什么

云是美国的直升机

直升机是什么

直升机是一九六八年的

潇洒

阮维大道上

有人在演讲

有人在卖艺

霓虹灯吹着胰子泡

扩音器猛咳昨天的那声嗽

五月的大街上

月光在行人的背脊上

偷贴无字的标语

子弹们

在讪笑的风中

一边旋行

一边吻着天使

当乌云飘入

读告示人的眼中

一颗泄光弹掉在广告牌上

另一颗正从泥沼中

升起

鱼

（西贡诗抄）

反正他眼中只剩下那么一朵夕阳
明天摔掉镜子还不太迟

那汉子仍肃然而立，在 H 镇上
一株白杨绕着他飞
偶然仰首
从烟囱中飘出来的是骨灰
抑是蝴蝶？
然后想着心事搓着手
当窗户白成许多颜色的时候
他是千个故事中仅有的主角
洗手可能洗出另一种悲哀
翻过双掌，你看！
有鳞而无鳍的
算条什么鱼！

然后蹲在屋檐下

吃着一种叫作月亮的水果

嚼碎的果核吐向空中便成星

冰凉舌尖上

有焚雪的清香

然后踢着石子以三拍子的步度

沿墙垣而南而北而西

而东的一口枯井边

俯身再也找不到自己的那副脸

以上七首选自《无岸之河》

啸

倘若我们坚持

用头颅行走

天空，会在一粒泡沫中死去么？

全部问题

随着一尊旧炮

从沉沙中

升起

水边，漂来一双脚印

莫不就是那一尊默不作声

患过恶性胃溃疡

吐过血

以伤口狂啸的

旧炮

我抚摸过的手

翻转来

一九二八年的那滴血

仍在掌心沸腾

庚子那年

海，抛过来一朵罂粟花

我看见

京城来的一位老将军

以擦汗的手

擦炮

轰，就这么一种过程

他便裸着身子而且忧郁

当炮弹

从水面轻轻刮走了

一层中国蓝

而啸声

已是昨日的白山黑水

黄河激涌

一双血制的鞋子逆流而上

地点七月七

时间卢沟桥

倒过来念

臼炮仍是一个肉食主义者

我们仍能从硝烟中

抓出一大把脂肪

草丛中是钢盔

钢盔中是煮沸了的脸
正前方三十里地
一株好长好长的毒藤
自炮口蜿蜒而出

于今，主要问题乃在
我已吃掉这尊炮
而啸声
在体内如一爆燃的火把
我好
掌心
只剩下一把黑烟

独饮十五行

令人醺醺然的
莫非就是那
壶中一滴一滴的长江黄河
近些日子
我总是背对着镜子
独饮着
胸中的二三事件
嘴里嚼着鱿鱼干
愈嚼愈想
唐诗中那只焚着一把雪的
红泥小火炉

一仰成秋
再仰冬已深了
干
退瓶也只不过十三块五毛

长恨歌

那蔷薇，就像所有的蔷薇，

只开了一个早晨

——巴尔扎克

一

唐玄宗

从

水声里

提炼出一缕黑发的哀恸

二

她是

杨氏家谱中

翻开第一页便仰在那里的

一片白肉

一株镜子里的蔷薇

盛开在轻柔的拂拭中

所谓天生丽质

一粒

华清池中

等待双手捧起的

泡沫

仙乐处处

骊宫中

酒香流自体香

嘴唇，猛力吸吮之后

就是呻吟

而象牙床上伸展的肢体

是山

也是水

一道河熟睡在另一道河中

地层下的激流

涌向

江山万里

及至一支白色歌谣

破土而出

三

他高举着那只烧焦了的手
大声叫喊：
我做爱
因为
我要做爱
因为
我是皇帝
因为
我们惯于血肉相见

四

他开始在床上读报，吃早点，看梳头，批阅奏折
盖章
盖章
盖章
盖章

从此
君王不早朝

五

他是皇帝

而战争

是一摊

不论怎么擦也擦不掉的

黏液

在锦被中

杀伐，在远方

远方，烽火蛇升，天空哑于

一缦叫人心惊的发式

鼛鼓，以火红的舌头

舐着大地

六

河川

仍在两股之间燃烧

仗

不能不打

征战国之大事

娘子，妇道人家之血只能朝某一方向流
于今六军不发
罢了罢了，这马嵬坡前
你即是那杨絮
高举你以广场中的大风

一堆昂贵的肥料
营养着
另一株玫瑰
或
历史中
另一种绝症

七

恨，多半从火中开始
他遥望窗外
他的头
随鸟飞而摆动
眼睛，随落日变色
他呼唤的那个名字
埋入了回声

竟夕绕室而行
未央宫的每一扇窗口
他都站过
冷白的手指剔着灯花
轻咳声中
禁城里全部的海棠
一夜凋成
秋风

他把自己的胡须打了一个结又一个结，解开再解开，然后
负手踱步，鞋声，鞋声，鞋声，一朵晚香玉在帘子后面爆炸，
然后伸张十指抓住一部水经注，水声汩汩，他竟读不懂那条河
为什么流经掌心时是嘤泣，而非咆哮
他披衣而起
他烧灼自己的肌肤
他从一块寒玉中醒来

        千间厢房千烛燃
        楼外明月照无眠
        墙上走来一女子
        脸在虚无缥缈间

八

突然间

他疯狂地搜寻那把黑发

而她递过去

一缕烟

是水，必然升为云

是泥土，必然踩成焦渴的藓苔

隐在树叶中的脸

比夕阳更绝望

一朵菊花在她嘴边

一口黑井在她眼中

一场战争在她体内

一个犹未酿成的小小风暴

在她掌里

她不再牙痛

不再出

唐朝的麻疹

她溶入水中的脸是相对的白与绝对的黑

她不再捧着一碟盐而大呼饥渴

她那要人搀扶的手

颤颤地

名家诗歌典藏

指着

一条通向长安的青石路……

九

时间七月七
地点长生殿
一个高瘦的青衫男子
一个没有脸孔的女子
火焰，继续升起
白色的空气中
一双翅膀
又
一双翅膀
飞入殿外的月色
渐去渐远的
私语
闪烁而苦涩

风雨中传来一两个短句的回响

额

我翻阅着一本天空
那无字的一页，正是
你眼睛振翅而去的高峰
抱你成风
我跪下，把你仰望成
巍峨

我很快便找到了自己
在水漩中
在积雪千丈的掌心
那里，你曾埋下
一片好远好远的钟声

我或知道
你另一只掌中握着的是什么
而我的额上
流着的白色树汁啊
何时才能汹涌成一枝花蕊？

随雨声入山而不见雨

撑着一把油纸伞
唱着《三月李子酸》
众山之中
我是唯一的一双芒鞋

啄木鸟　空空
回声　洞洞
一棵树在啄痛中回旋而上

入山
不见雨
伞绕着一块青石飞
那里坐着一个抱头的男子
看烟蒂成灰

下山
仍不见雨
三粒苦松子

沿着路标一直滚到我的脚前

伸手抓起

竟是一把鸟声

金龙禅寺

晚钟
是游客下山的小路
羊齿植物
沿着白色的石阶
一路嚼了下去

如果此处降雪
而只见
一只惊起的灰蝉
把山中的灯火
一盏盏地
点燃

诗人的墓志铭

在一堆零碎的语字中
安排宇宙
我踮脚望去
你正由众人中走出

主要乃在
你把歌唱
视为大地的诠释
石头因而赫然发声
河川
沿你的脉管畅行
激流中，诗句坚如卵石
真实的事物在形式中隐伏
你用雕刀
说出
万物的位置

在此，你日日夜夜

反刍着
昔日精巧的句子
吐向天空而星落如雨
一组意象
从正南方升起
仰着读的那群脸上
开始融雪

你纯粹的眼，亦如
你逃逸的脚
你逃逸的脚　亦如
你反抗的发
你反抗的发　亦如
你痴愚的唇
你痴愚的唇　亦如
你哀伤的血
你哀伤的血　亦如
你化灰后的白

而，举过太阳的臂
向日葵一般的枯萎
最后，最后
苍天俯视你

以一张空无的脸
纵然，在凿子与大理石的激辩中
你的名字
一个
一个地
粗大起来

掌

你猜

我掌中会生长些什么

百合，金雀花，黑色的迷迭香

或一只吃自己长大的蛱蝶？

才不

也许是

总之

五指伸展出去

没有一根叫作

飞翔

你再猜

我掌中隐藏些什么

　　　无日月星辰

　　　无今天明天

　　　无炉火

　　　无糖亦无盐

　　　无灰烬扬起

只有血

要求释放

我犹豫一下

我狠狠把双手插入树中

屋顶上的落月

四楼屋顶上
月亮
以三五种晦涩的姿势下沉
甚至于
甚至于白昼的浮尘，亦
令人苦思不解
而，比秋寒更重的
是未曾晒干的衣服
是隔壁
自来水龙头的
漏滴

清苦十三峰

第一峰

我是草，而没有泥土
我是树，而没有年轮
我是云，而没有房屋
我是火，而没有舌头

结构松懈，我
血管塞满了煤渣，我
脑子里下着雪，我
眼中升起一缕孤烟，我

我在风中

我的名字很冰
我的脸在叶丛中发光
我的双手张开便隐闻雷声

所有的河流
都发源于我莽莽的额角
而桃金娘
因我的一支歌而怀孕

我是
最苦最苦的第一峰

第二峰

黑
是一种过程
变白
是另一种
太阳授精
于大地的涌动中

一切事物静待着
痛楚
在纯粹的燃烧中发声
说有光
便有了光
只要一棵树

走近了另一棵树
便结了果子

日出
群山惊呼

第三峰

传说

千年以前
有人向深谷
推一块巨石下去
竟然没有回声
岂不更叫人
心跳

在这里
既不能选择另一种风景
而夕阳
又嫌死得太慢

第四峰

而且没有碑石
在淡淡的
月光下
我的朋友躺在草中

一群蚂蚁
在搬弄衣裳与毛发之类的东西
时间之外的
东西

我的朋友
风雨的朋友
人的朋友
这些是他的鞋子和拐杖
我拉住他的手
他拉住泥土

他说他是山中
唯一没有皮肤的人

第五峰

雪
安静地接受
践踏

喧嚣的脚印打这里一直往下延伸
愈高愈孤独
愈像一句
刻在路碑上的格言

当白色
成为一种信仰

第六峰

为何山不是山，水不是水
为何风没有骨骼
为何树的年轮
不反过来旋转
为何黄昏不是
任何人的脸

为何点燃一盏灯之后
　　山又是山
　　水又是水

峰顶上的那块石头
谁蹲在上面并不要紧
问题是：
谁是那被雕着的
空白

第七峰

想必埋了一把
锯子
在那合抱的槐树下

果然
其中埋了
一把锯子
一桩疑案
一种不治之症

如想知道它的身世

不妨抓一把木屑

扬向风中

第八峰

剑气

从深谷中升起

一块青石上

两个汉子缠斗了整个下午

血，总是要流的

纵然打通了

任督二脉

另外两个灰袍老者

在一棵松树下

用棋子

激辩着生死问题

（留着胡子的导演

在抽烟）

第九峰

处女之石中
有山鸟
振翅而出

雨后
两峰之间的栈道
由天空掉下来的
一根细细的
蝉鸣架起
那边来了
一队露营的童子军
哨子声
把远处的炊烟
吹得又高
又瘦

第十峰

猎枪
大声地说了一些

骇人的话

鹰飞
蛇走
涧水哗地立了起来

而回响
故意重重地咳了一声
嗽

第十一峰

山中的
超现实主义者
啄木鸟
在写一首
自动语言的诗
空　　空
空
第一句也就是最后一句

小径上走来
一个持伞的人

摆荡的右手
似乎
握着什么
似乎什么也没有
握

第十二峰

两山之间
一条瀑布在滔滔地演讲自杀的意义

千丈深潭
报以
轰然的掌声

至于泡沫
大多是一些沉默的怀疑论者

第十三峰

青青的瘦瘦的不见其根不见其叶似蛇非蛇似烟非烟袅袅而
上不知所止时名字叫作
藤的一个孩子

仰着脸　向上

向上

向

上

沿悬崖猱升

及至峰顶

终于抱住了一棵枞树

很高很高的一棵枞树

剥了衣服

脱了鞋子

伸长的颈子

把树身缠了一匝又一匝

向上　向上

一寸一寸向上量

及至树顶

及至看到

一颗受伤的

落日

往山后逃去

美国诗人 Wallace Stevens 曾写过一首《十三种看山鸟的方

法》（*Thirteen Ways of Looking at a Blackbird*），该诗首尾呼应，一气呵成，焦点始终集中在一只鸟上。本诗却企图以十三种风格来写十三种关于山的貌与神，十三种山的隐秘，每一峰各自独立，均可当作一首小诗来读，遗憾的是这十三座山清苦有余而雄伟不足。

　　后记：本诗的题目系借自姜白石的名句："数峰清苦，商略黄昏雨。"我素无大志，性喜游山玩水，虽为"登山协会"会员，也无缘遍历国内名山大川，但近年来卜居内湖，常于假日独进碧山，有时在一棵树下盘桓半日，让山色蝉声把心上的灰尘洗涤一番，如偶遇一阵山雨，那就里里外外，洗他一个痛快。

蟹爪花

或许你并不因此而就悲哀吧

蟹爪花沿着瓦盆四周——爆燃且在静寂中一齐回过头来
你打着手势在窗口，在深红的绝望里
在青色筋络的纠结中你开始说：裸
便有体香溢出
一瓣
吐
再一瓣

蟹爪花
横着
占有你额上全部的天空

在最美的时刻你开始说：痛
枝叶舒放，茎中水声盈耳
你顿然怔住
在花朵绽裂一如伤口的时刻
你才辨识自己

月亮·一把雪亮的刀子

日历上，疲惫的手指在划着一条向南的路，及到天黑始告
　停顿

月出无声

酒杯在桌上，枕头在怀中
床前月光的温度骤然下降
疑是地上——
低头拾起一把雪亮的刀子
割断
明日喉管的
刀子

月亮横过
水田闪光
在苜蓿的香气中我继续醒着
睡眠中群兽奔来，思想之魔，火的羽翼，巨大的爪蹄捶击
　我的胸脯如撞一口钟

回声，次第荡开
雪似的一层层剥着皮肤

你听到远处冰雪行进的脚步声吗？
月出
无声

雪

一

一只蓦然伸到我面前的手
一只蓦然
白得如此单纯而又复杂的
手

抚慰着大地之悲痛的
手啊

对谁都一样
白色毕竟是一种高度晦涩的语言
解冻可能是最佳的表达方式
我隐隐听到远方传来另一种声音
当谷物开始在地层下
骨肉交错

二

冰河期，大地并非大地
而是一匹苍茫了千年的布
我忽然懂得了水的意义
事物的最冷处
亦是事物的最初处

然后是群树，是岩石与河川，是火也是风
是矿苗，是化石，是秽物，是书与盐
一只咸咸的杯子
一盆呐喊的花朵
一张复制的脸
一滴清醒的血
我相信它们的卑微亦如
我相信它们的力量

三

至于覆雪下的
阡陌
定然知晓自己一度横过也一度纵过

而我是稻草人我在风中
惊怖地仰望
一只鹰隼如何把自己
塑成
一缕烟

四

融雪后，不知我的面容
是否仍白得如此晦涩，冷得如此复杂？
砸碎所有的镜子也找不到答案
无人能挽救我
纵然把体内全部的血
换成火

还犹疑什么呢？
红泥小火炉已熄
酒已凉
趿起鞋子，我扫雪去了

巨石之变

一

灼热
铁器捶击而生警句
在我金属的体内
锵然而鸣，无人辨识的高音

越过绝壁
一颗惊人的星辰飞起
千年的冷与热
凝固成绝不容许任何鹰类栖息的
前额。莽莽荒原上
我已吃掉一大片天空

二

如此肯定

火在底层继续燃烧，我乃火
而风在外部宣告：我的容貌
乃由冰雪组成

我之外
无人能促成水与火的婚媾
如此犹疑
当焦渴如一条草蛇从脚下蹿起
你是否听到
我掌中沸腾的水声

三

我抚摸赤裸的自己
倾听内部的喧嚣于时间的尽头
且怔怔望着
碎裂的肌肤如何在风中片片扬起

晚上，月光唯一的操作是
射精
那满山滚动的巨石
是我吗？我手中高举的是一朵花吗？
久久未曾一动

一动便占有峰顶的全部方位

四

你们都来自我，我来自灰尘
也许太高了而且冷而无声
你们把梯子搁在我头上只欲证实
那边早就一无所有

除了伤痕
霍然，如眼睁开
我是火成岩，我焚自己取乐
所谓禁欲主义者往往如是
往往等凤凰乘烟而去
风化的脸才一层层剥落

五

你们说绝对
我选择了可能
你们说无疑
我选择了未知

名家诗歌典藏

你们争相批驳我
以一柄颤悸的凿子

这不就结了
你们有千种专横我有千种冷
果子会不会死于它的甘美？
花瓣兀自舒放，且作多种暧昧的微笑

六

鹰隼旋于崖顶
大风起于深泽
麋鹿追逐落日
群山隐入苍茫

我仍静坐
在为自己制造力量
闪电，乃伟大死亡的暗喻
爆炸中我开始苏醒，开始惊觉
竟无一事物使我满足
我必须重新溶入一切事物中

七

万古长空，我形而上地潜伏
一朝风月，我形而下地骚动
体内的火胎久已成形
我在血中苦待一种惨痛的蜕变

我伸出双臂
把空气抱成白色
毕竟是一块冷硬的石头
我迷于一切风暴，轰轰然的崩溃
我迷于神话中的那只手，被推上山顶而后滚下
被砸碎为最初的粉末

超现实主义与中国现代诗（代后记）

一

　　超现实主义（Surrealism）是一切现代文学艺术发展之精神因素，对二十世纪现代诗与画的影响至深且巨。事实上由于若干理论和实验方法上的修正，现已发展成为超越时空的国际性艺术思想，并不再是仅局限于法国的狭义超现实主义了。目前一般现代作家，尤其是诗人与画家，往往视超现实主义为一种具有神秘性的艺术思想，向所津津乐道，且无形中受其影响，作品中多多少少含有一点超现实的精神或风格，但又对其渊源、历史、基本精神，以及在文学艺术上的功效，大多一知半解，人云亦云。其中有两类对其态度完全不同的人：一类人由于固守自己对艺术的成见，而视超现实主义为异端邪说，对所有的超现实艺术无不嗤之以鼻。另一类人因追求艺术中的绝对精神，企图在创造上有所超越而有意服膺或暗合超现实主义。在我国，情形亦复如此，只是第二类又分为两种：一是成熟的诗人或画家，他们在创造中追索一种新的理想与新的表现方法时，有意或无意中表现出一个超现实主义者的态度，其成就显然已造成

123

一种广泛而深刻的影响。另外就是若干青年作家，因对表现技巧之把握不够确切，结果其作品残破不全，而仅是出之于潜意识的一团混乱。

严格说来，除法国早期的超现实主义元老如兰波、洛特阿蒙、艾吕亚、布洛东等人外，目前世界上恐怕再也找不到一个彻底的超现实主义者了。在两次大战之间的若干年中，超现实主义在欧洲确曾风云际会，轰动一时。但在数十年后的今天，如纯就一个狭义的艺术运动而言（一个运动应含有它的宣言、派社、领袖人物及机关刊物等），超现实主义在世界各国已日趋式微，即使在其发源地法国，目前也只有少部分诗人画家以超现实主义者自居。不过，我们深信，具有超现实精神倾向的作品，以超现实的态度去观察事物，面对现代世界的作家，换言之，即超现实主义当年在理论上，精神上的若干影响，仍然是世界各国现代艺术发展的启导因素——日本即为一例。事实上，对于一个能预期成为大器的作家，我们似乎无法将其作品归入某一特殊的主义或派别，他必然是一个汇各种思想于一身，熔各家技巧于一炉之集大成者。但我们敢断言，超现实精神仍然是他能达到超越境地之重大因素，原因是凡一个有抱负的作家，基本上都是一个艺术上的反叛者，创新者，都多少赋有一种超现实主义者的气质与才能。

不可否认，超现实主义的艺术思想对我国现代诗的发展与成长，确具有相当的影响，大多优秀诗人其作品几乎都含有这种趋向，甚至某些仇视超现实主义的诗人，也会不自觉地在其作品中玩了两手直觉暗示法，出现两句暧昧而又耐人嚼味的诗句。但由于原始的超现实主义是被它的信徒当作一种"道"（cause）去服膺，有的甚至当作一种生活方式去实践，故我敢说，在中国诗人中没有人会自认他就是一个真正的超现实主义者。显然，我国现代诗人的超现实风格的作品，并非在懂得法国超现实主义之后才那么写的，更不是在读过布洛东的"超现实主义宣言"，或其他有关史迹、传记，以及法则之后才仿效而行的；事实上他们只是在早期受到法国及西方其他国家广义超现实主义者作品的影响。目前这种影响已日趋消逝，他们已逐渐形成了自己的风貌，而与西方各国在创作上作平行的发展。

超现实主义艺术对我国现代诗的发展究竟产生了什么样的影响？就美学观念、精神内涵、表现技巧而言，它影响的效果如何？超现实主义方法的优点为何？我们是否可加以扩展和转化而成为我们自己的创造动力？我想这些问题均值得我们深思与检讨，但迄今尚无人做过实际的分析和探索。我愿就个人所知，针对我们诗坛现况，做一番粗浅的研究与讨论。

二

首先，我想对超现实主义的背景、历史和发展做一回顾与检讨。

所谓"超现实主义"，就是在两次大战之间二十年来（一九一九——一九三九）以法国巴黎为中心的一种新艺术运动，其后发展为一国际性运动；一九三八年在巴黎举办的一次超现实主义作品展览中，曾有十四个国家应邀参加。我们熟知，在精神上超现实主义可说是达达主义的继承，但其意义则远较达达主义为深刻。因为它的本质不仅在破坏与反叛，而在破坏反叛后的建设。其实，如就历史的观点来看，与超现实主义关系最密切的，是对它产生刺激作用的古典主义与浪漫主义。

提及古典主义，我们即刻会联想到秩序、规律、抑制、平衡、选择、综合等名词。在古典主义盛行的时代，一个艺术家不仅要忠于他艺术创作的规律，由亚里士多德制定的规律，而且要忠于他在政治上尊奉的政府，否则，他便视为一个叛徒。作为一个古典艺术家，他必须合乎他所处社会的道德规范、政治信仰与美学思想，他个人的情感必须完全与同时代的人一样成为古典派，而不属于个人。于是，正如赫博·雷德（Herbert Read）所说："古典主义已成为政治专制主义的美学附庸。"

与古典主义对立的是浪漫主义。前者是与社会密切结合，而后者则完全与社会脱节而独立；个人反抗社会、艺术家为自己的作品制定律则。质言之，浪漫派艺术是由艺术家个人所创造，古典派艺术则由一个社会所创造。古典精神是知性、秩序、控制；浪漫精神是生命、自由、创造。由此可知，十九世纪初期的现代主义在精神上正与浪漫主义作若干程度上的契合，当时诗人画家的创作方式都出于一种自发性与独创性，这也正是超现实主义者发展诉诸潜意识的自动写作的最初动因。一个艺术家从自我意识的各个层次中寻找更为真实的自我，他作品的形式就是浪漫主义的形式，也就是超现实主义的形式。实际上，浪漫思想与超现实精神之产生并不限于十九世纪或二十世纪，可以说是自古有之，早就在东西文化中孕育着。在柏拉图的《对话录》中，苏格拉底说："诗人是一种轻盈的，生有双翼的神圣之物，当他有所感悟，始有创造，他的创造是无意识的，且意志不再存在。"国画大师石涛所谓："尺幅上换去毛骨，混沌里放出光明，纵使笔不笔，墨不墨，自有我在。"这两位大师可说已真正把握到超现实主义的特质。

促使超现实主义兴起的时代因素有二。一是战争带给人们的失败感，而产生空虚、彷徨、焦虑不安的心理。这是二十世纪中最为显著的共同人类经验，于是一种新的哲学思想和新的艺术形式便应运而生。前者就是存在主义，以其解释现代人的存在问题，后者就是超现实主义，以其表现现代人的存在情绪①。二是写实主义的衰颓腐化。在二十世纪初期的法国，对于一般青年艺术家而言，写实主义代表的意义只是厌烦、枯燥和单调。这时，超现实主义之出现正符合一般有理想的青年作家和批评家的需要；因为超现实主义者反对陈腐的社会信念和规范，反对一切事物的惯性。他们攻击最激烈的就是把文学当作社会代言人的陈腔滥调。据超现实主义者说，他们致力于把文学从社会表现的写实主义的桎梏中解救出来，而使转变成为作者忠于自我，以最大程度的坦率与真诚来表现他的思想与经验

---

① 详见拙著《石室之死亡》序第三节"超现实主义与诗的纯粹性"。

的文学。在这种转变中，首先出现的是波德莱尔的诗。当时他作品之受欢迎已远超过流行法国的高蹈派和第二流的象征派作品。在小说方面，读者对司汤达（Stendhal）的欣赏已越过了巴尔扎克。

超现实主义者最基本的精神就是"真诚"（sincerity）；他们相信唯有在人的潜意识中才能发现生命中最纯粹最真实的品质。他们认为有意识的谈话和日常生活，与我们的真正自我和内在欲望是相悖逆的。写实主义者笔下整齐划一的人类行为规范乃由社会势力所造成，而非出于我们的本性，而且是反本性的。在我们的梦中或本能动作中所显示的较日常外在行为习惯所显示的更为真诚。这就是超现实主义的基本信念。

在一系列发展下来的现代主义中，恐怕超现实主义是反抗现实最为彻底，最具革命性的艺术思想了。在早期的超现实主义者中，的确含有浓厚的虚无思想与败北感。自杀成为这种绝对主义者的出路之一。幸而超现实主义者大多为诗人；诗的创造日后就成为他们富于积极性的一种精神寄托。他们不承认通常赖以推理的逻辑方法，但正如布洛东所谓："却把人的潜意识提升到一种强有力的超现实的地位。"

从心理学的观点来看，显然整个文学的存在都是为了建构一座人类灵魂的避难所，而且许多作家企图设想一种解救之道，以弥补现实中的不足，这或许正是现代文学的功能。现代作家与一般作家不同之处，乃在他并非从他最熟悉的世界中去探测，而是从一个完全陌生的异乡中去发掘。在乔伊斯创造他的《尤利西斯》，加缪创造他的《异乡人》之前，纪德就在《梵蒂冈的地窖》（*Caves du Vaticon*）一书中创造了他的"拉芙卡多"（Lofcadio），他所表现的都是没有动机，非理性的无聊行为。这本书正是超现实主义者所欣赏的作品之一。

每一时代都有每一时代的文学，各个时代文学的形式与风格容或不同，但不变的是每一时代的作家都在发现和解释这个时代中有关人的问题，而这些作品也就成为那个时代的精神象征。现代小说中的人物都是一些行为乖谬的浪子、梦游者或罪犯。他们是心理学家认为患有精神分裂症的人物，因此现代小说家可说都是心理分析学家。他们的思想方式是内省的、透视的、观照的。运用这些方式的大师如陀思妥耶夫斯基、普鲁斯特、纪德等，都成为超现实主义者研究的对象。

根据美国研究超现实主义专家范里（Wallace Fowlie）在他《超现实主义时代》（*Age of Surrealism*）一书中的分析，在思想上影响超现实主义者最深远的有三位大师：首先是哲学家柏格森（Henry Bergson），他主张人类必须解脱逻辑知识的束缚。其次是心理学家弗洛伊德，他对潜意识作用的发现，启导了超现实主义主要的理论。第三位就是纪德，他强调"自我肯定"（self-affirmation）对一个艺术家的重要。在《地粮》一书中他所表现的个人道德和自我完整的实现，为后世作家建立了一个新的审美观念。

这三位大师对现代文学艺术思想的发展，影响殊深，尤其对超现实主义所强调的"真诚"，贡献极大。譬如柏格森所谓的

"直觉的真诚"（sincerity of intuition），弗洛伊德所谓的"潜意识心理的显露"（revelation of subconscious mind），纪德所谓的"个人道德的真诚"（sincerity of individual morality）[①]。这三者都是超现实主义者赖以反抗陈腐传统，存诚去伪的有力支持者。假如十八世纪的问题是：我们如何做？我们做些什么？那么一百年后的问题是：我是什么？我如何能达成自我存在的真诚？换言之，十八世纪有关人的行为问题，到今天已成为人的人格问题。超现实主义就是透过艺术形式来表现这个问题，更正确点说，超现实主义的艺术形式，也正是这个问题的形式。

三

根据以上的回顾与分析，我们可把超现实主义的特质归纳为下列三项，并逐一加以检讨：

（一）它反抗传统中社会、道德、文学等旧有规范，透过潜意识的真诚，以表现现代人思想与经验的新艺术思想。

（二）它是一种人类存在的形而上的态度，以文学艺术为手段，使我们的精神达到超越的境地，所以它也可说是一种新的哲学思想。

（三）在表现方法上主张自动主义（automatism）。

我认为第一点正是所有现代主义者从事创造的基本观念。不

---

① 引自《超现实主义时代》一书前言。

论是反对逻辑知识的可靠性，肯定潜意识中的真实性，或把握现代人存在的荒谬性，超现实主义者自始即在扮演一个叛徒。但他们仍有其积极的一面，例如在诗的创造上，它有助于诗人心象的扩展，诗的意象之浓缩，诗纯粹性的加强等。另一项最大的贡献就是语言的创新。批评家认为超现实诗人都是奇迹创造者，像巫师一样，在语言的操纵上他们都具有呼风唤雨，指铁成金的神力。例如布洛东的一首诗：

> 一个将熄灭的火盆
>
> 在她的胸怀里有一件浪漫的外衣与匕首
>
> 他来了，他是衔着玻璃牙齿的狼
>
> 在小圆盒中吃着时间

从这些诗句中我们可以发现一种灵光闪烁、神奇莫测的诗之魅力和语言上的惊喜感。无法解释，但可感受。

第二点为一哲学性问题。某些艺术家或诗人经常把超现实主义当作一种人生态度，甚至生活方式来处理，借它来解脱生之悲剧，并在创造过程中获得征服软弱、失败、绝望的力量。波德莱尔在论及"想象的自发性"（autonomy of imagination）时曾说："艺术的工作在本质上就是想象的工作，但同时它必须是真实的。"① 这句话正解释了所谓"艺术家的真诚"。因此，我

---

① 引自《超现实主义时代》一书前言。

们未尝不可以说唯有真实始能帮助艺术家的想象。波德莱尔又认为想象必须源自一种极为真实的痛苦，不仅是指情绪上的、生活上的、爱情上的，甚或死亡带来的过度痛苦，而更是人类内在的、深沉的，与生俱来的宇宙性悲苦（cosmic sadness）。这种痛苦通常被压抑着或有意遗忘。一个超现实主义者不仅要正视这种痛苦，且企图通过他的艺术予以宣泄释放。批评家认为波德莱尔是一个本身即负荷着大量的邪恶的诗人；但我们读过《恶之花》诗集后，我们会感受到一种精神的解脱，换言之，我们内心的邪恶也就为之洗刷。这种洗刷作用能产生治疗人类精神的效果，也就是帮助我们达到某种程度的超越。

但另一方面，超现实主义在部分诗人的解释下成为一种绝对主义。他们的人生态度是颓废、虚无、绝望，而最终走向自杀。例如首先是布洛东的朋友法赛（Jacques Vache）自杀于一九一八年，其次是诗人雷果（Jacques Rigaut）自杀于一九二九年，第三位是青年诗人克勒佛（Rene Crevel）自杀于一九三五年。"自杀"纵然为早期的超现实主义者解释为一种"殉道"行为，以结束自己的生命来使他的哲学获得一个合理的结论，但我认为这绝不是一个艺术创造者必须具有的精神。同时，根据超现实运动史，我们可发现一个严重的问题，就是这三位所谓"殉道者"，都是当时花都的纨绔子弟，按照我们的社会标准来说，他们正是警察心目中的"不良少年"。他们故示神秘，玩世不恭的态度主要是由于潜意识中的欲望过于放纵。潜意识部分固然最为真实，但欲念却是一切痛苦之源。一个诗人对艺术的态度是否与对生活的态度应趋一致呢？这是超现实主义者值得深思的问题。

至于第三点所谓"自动写作"（automatic writing），因关系到诗的表现方式，我们更应有一番认知，做一番抉择。在诗的创作上，自动写作曾是超现实主义者最重要的信条，最主要的一种表现方法。虽然今天我们回顾起来，发现这种方法并未能达到它预期的效果，甚至视为一种失败，但在诗的创新上仍有它特殊而深刻的意义。布洛东在"超现实主义宣言"中曾强调："超现实主义为纯心灵的自动主义，用书写或其他方法来表现潜意识的心理状态。这种表现要抛弃那些被规律、美学及道德所控制的偏见。在哲学上，超现实主义是基于对一个被弃置的形式予以信赖，认为这种形式具有更高的真实性，也是基于对梦幻的绝对信任，以及思想上不十分有趣的游戏。"此外，我们还了解到，自动写作是一种对诗欣赏的固定反应，和对习俗的日渐失去真义的语言之反抗行为，它最大的功能在揭露逻辑语法的空洞与虚假，使语字从修辞学中获得解放，而使其成为表现自我的最佳工具。据超现实主义者说：他们想要捕捉的语言，就是在一个人即刻思想的沉默状态下的那种语言，唯有放松对语言的各种控制，真诗与真我才能出现。凡经过刻意修饰润色的美辞华藻都是人造的伪诗。唯有那种从自性中任其流露出来的语言，才能使诗达到"欲辩已忘言"的境界。

在理论上，这种自动写作是可以成立，且值得重视的。问题是在艺术的传达性（communion）上。如我们完全否认艺术的传达性，也就等于完全否认艺术的欣赏性和艺术中的知性，尤其对以语言为唯一表现工具的诗而言，完全不能传达，甚至无法感悟，是不可想象的事。我不承认人纯然是一个梦呓者，诗人在创作时可能具有一个做梦者的心理状态，但杰出的诗仍是在清醒状态下完成的。事实上，即使超现实主义者本身也并不都在服膺他们的理论，譬如波德莱尔、蓝波等的诗并不完全是一种错乱语言；意象固然奇特，但仍属想象的或可感范畴。他们的诗都是具有高度感性的诗，其语言仍是介于暧昧与明晰之间。

当然，一个诗人如过分强调自动方法，恣意挥洒而不成格局，语言泛滥而了无约制，势将妨害一个艺术品的充分发展，这也许就是法国狭义超现实主义迂腐浮夸的一面。世界上许多诗人、画家、评论家曾在对超现实艺术的创造上和诠释上、整理上和研究上耗费过大量的时间和精力，但我们始终觉得超现实主义的某些理论与方法尚需作适度的修正，超现实主义最伟大的作品尚有待创造。

四

凡细心研读过近年来中国现代诗的创作及其理论的人，都会发现一个事实，即若干重要诗人的作品中几乎都具有超现实主义的精神倾向。但当我们对超现实主义的基本观念、精神特质及其实验以来的得失成败做过一番剖释后，始了解到中国现代诗人并未直接受其影响。本文开始即已提及，中国现代诗人的超现实风格作品并不是在懂得法国超现实主义之后才出现的，更不是在研究过布洛东的"宣言"之后才按照它的理论来创作的，他们最多只是在技巧上受到国际性的广义超现实主义者所诠释所承认的作品的影响；且由于超现实主义的作品在中国并未作有系统的介绍，这种影响也极为有限。我经常被人视为一个中国的超现实主义者，但事实上我在写《石室之死亡》一诗之前，尚未正式研究过超现实主义，而且我作品中的血系纯然是中国的。但我们诗坛为什么会形成这种倾向呢？答案极为简单：就是凡具有高度敏感，在艺术创造上有抱负的诗人都可能是一个超现实主义者。我们在艺术史上发现，大凡伟大的艺术形式中都含有超现实的精神因素。艺术创造的过程，即是一项介于意识活动与潜意识活动之间的过程，一个富有高度纯粹性的创作品很可能就是一个超现实主义者的产品。英国雕刻家摩尔（Henry Moore）尝谓："所有杰出的艺术品都含有抽象与超现实的成分，就像含有古典与浪漫的成分一样——秩序的，也是惊奇的；知性的，也是想象的；意识的，也是潜意识的。"如果我们经过冷静的鉴赏和判断之后，承认中国部分诗人的作品确是优秀的，甚至是杰出的话，则摩尔的这段话正是这些作品最好的注解。例如商禽的诗：

逃亡的天空

死者的脸是无人一见的沼泽

荒原的沼泽是部分天空的逃亡

逃亡的天空是满溢的玫瑰

溢出的玫瑰是降落的雪片

未结晶的雪花是脉管中的眼泪

升起来的眼泪是拨弄中的琴弦

被抚奏的琴弦是燃烧着的心

焚化了的心是沼泽他们的荒原

在细读慢嚼这首诗之后，我们发现它在结构上和气韵上已达到只见功夫不见斧痕的浑然境地。在语言的背后，除了梦幻的色彩、意象的香气、诗心与物性接触时所产生的纯粹感应外，几乎找不出任何可以解说的具体意义。但在暧昧中仍显出极为清朗的光辉。一个意象环扣着一个意象，前一意象衍生出后一意象，最初一个意象与最后一个意象看似没有关联，但在感性上贯通一体，使整首诗形成一种飞翔式的循环，生生不息。我认为，诗中的意象似乎属于这个世界之内，而实飘浮遨游于太虚之外。它是沟通诗人与世界之间的一个客体（object），与现实密切结合而又超于现实之上，正所谓："超乎象外，得其圜中"，超现实的诗大多具有这种飞翔的，飘逸而又暧昧的特性，其妙处即在与实际世界不即不离。

超现实主义诗人除了向上飞翔此一过程之外，他还有另一个对等的过程。根据布洛东的理论，那就是往下沉潜，自由自在地潜入梦幻中去。诗人的意识不能过于清醒；人在梦中可以从事一种原始的本能活动。据弗洛伊德分析，在梦中我们的欲望完全得以释放，因而能享受到片刻的真实与自由。唯有通过飞翔与沉潜，超现实主义者才不致为现实所奴役，才能使自我如鱼跃于渊，鸢飞于天，了无挂碍。

　　但对一个广义的超现实主义诗人来说，他不仅要能向上飞翔，向下沉潜，更须拥抱现实，介入生活。怀海德曾举例说明一个现代哲学家的特质说："一个哲学家就像一架飞机，他可以直冲九霄云外，自由飞翔，但有时他也必须降落地面，补充燃料。"一个诗人更是如此。中国具有超现实精神的诗人，其作品都是介乎现实与超现实，意识与潜意识，可解与不可解之间。痖弦《深渊》以后的作品都是如此，例如他的《下午》一诗：

　　　　我等或将不致太辉煌亦未可知

　　　　水葫芦花和山茱萸依然坚持

　　　　去年的调子

　　　　无须更远的探讯

　　　　莎孚就供职在

　　　　对街的那家面包房里

　　　　　　　这么着就下午了

　　　　辉煌不起来的我等笑着发愁

　　　　在电杆木下死着

　　　　昨天的一些

　　　　未完工的死

（在帘子的后面奴想你奴想你在青石铺路的城里）

无所谓更大的玩笑

铁道旁有见人伸手的悠里息斯

随便选一种危险给上帝吧

要是碰巧你醒在错误的夜里

发现真理在

伤口的那一边

要是整门的加农炮沉向沙里

——《下午》第一、二节

由于梦，由于潜意识，由于无栖息的飞翔，由于透过自动语言而呈现出人的本能与原性，超现实主义者就像天使、像幽灵，永远在大地之上，云天之外作无目的的畅行飘游，这就是他们艺术中极度感性的原因。但一个广义的超现实诗人究竟不是一个"人鸟"（man-bird）或梦游者，他不时会在创作中以知觉调整感觉，清醒而适切地操纵他的语言，在感情中透露出知性的光辉。

超现实主义者自认为他们的艺术同时也是一种"求知的方式"（way of knowing）。这种方式与一般的哲学和科学不同，他们追求探究的无限的人性；梦、潜意识、欲望等是他们探索人性最重要的根源。对"知"的热切追求——在表现上诗性高于哲学性，在本体上神秘性多于形上学性——构成了一切超现实主义作品的基础。至于我们所谓诗中的知性，也许更具广泛意义。诗中知性的存在，实在就是时代精神象征的存在，最高层次生命价值的存在，做一个芸芸众生之外的个人主体的存在。诗中的知性绝不是一般所谓的知识，或可予抽离的意义。散文中的意义犹如假发，可以戴在任何女人的头上，而诗的知性却是诗生命的一部分，不可分离。我认为文学艺术中的"知性的深度"（intellectual depth）不能完全从课堂或书斋中求得，主要的是在经过生活的捶击，现实的熬炼，痛苦的鞭挞之后从生命中悟得。

在中国现代诗人中，其作品纯然诉诸感觉的，碧果是最典型的例子，其他如叶维廉、大荒、管管、辛郁、楚戈、周鼎、张默等都是能适度把握感性与知性的广义超现实诗人，其中以叶维廉最具代表性：

> 云层下倾当鼓声向上，白日啊
> 为什么你逼进我的体内而酿造河流
> 为什么当那无翼的飞腾向你
> 没有根须的就站住，没有视觉的
> 就抓住那巍峨，而两岸
> 就因我的身躯而分开
>
>
> 进入一个内里进入一个中间

哪一个内里哪一个中间？

——《河想》第一、二节

　　中国诗人易受超现实主义艺术之感染的另一个因素，我认为就是因为我们本身原本就富有超现实的特质。我的意思是说，中国艺术传统中即隐含着那种飞翔的，超越的，暧昧而飘逸的气质。这种气质——也许就是中国文学中所谓的性灵——正与超现实主义某些精神相吻合；这可能就是中国诗较其他任何国家的诗更富纯粹性的道理。

　　如果说中国的禅与超现实主义精神多有相通之处，可能会招致牵强附会之讥。但如某说中国盛唐时期的诗已达到禅的境界，甚至说诗禅一体，也许会获得多数人的心许。中国诗评家惯以所谓"神韵""兴趣""性灵"等作为衡量诗中纯粹性的标准，其中以严羽说得较为透辟："盛唐诸公，唯在兴趣；羚羊挂角，无迹可求。故其妙处，透彻玲珑，不可凑拍，如空中之音，相中之色，水中之月，镜中之像。言有尽而意无穷。"所谓"言有尽而意无穷""含不尽之意见于言外"，这些都是诗达于化境后的效果。王士祯说："舍筏登岸，禅家以为悟境，诗家以为化境，诗禅一致，等无差别。"① 这种不落言诠而能获致"言外之意"，或"韵外之致"，即是禅宗的悟，也就是超现实主义所讲求的"想象的真实"，和意象的"飞翔性"。超现实主义诗中有

---

　　① 引自王士祯《香祖笔记》卷八。

所谓"联想的切断"，以求感通，这正与中国"言在此而意在彼"之旨相符。

超现实主义强调潜意识的功能，重视人的本性，反对一切现实世界中的表面现象，及一切约定俗成的规范，尤其视逻辑知识是一切虚妄之根源。中国禅家主张人的觉性圆融，须直观自得，方成妙理。以现代心理分析学的观点来看，这种妙理觉性唯得之于潜意识的真实。现在我们不妨以一段禅家的对话来作进一步比较：

> 赵州从念禅师参南泉，问：如何是道？泉曰：平常心是道。师曰：还可趣向也无？泉曰：拟向即乖。师曰：不拟，争知是道？泉曰：道不属"知"，不属"不知"。知是幻觉，不知是无记。若真达不疑之道，犹如太虚，廓然荡豁，岂可强是非耶？①

这段对话中至少有两点为超现实主义者所服膺：第一是认为逻辑推理（即趣向），且以习惯语言去表现，即是对禅道的歪曲而使其落于虚妄。其次，所谓"道不属知，不属不知"，意即智慧与自性不是在意识中求得，也不是在无意识中求得。这大致与超现实主义原则"介于意识与潜意识之间"若符节合。

禅与超现实主义最相似之处是两者所使用的表现方式。禅

---

① 引自王梦鸥《文学概论》第廿二章之附注。

以习惯语言为阻挠登岸的"筏"，故主张"不说"而悟；超现实主义以逻辑语言为掩蔽真我真诗之障，故力倡自动写作。禅家有所谓"参话头"，作为表达禅宗机锋以求妙悟的最佳工具。参话头有两种形式，一为有意识的话，可以想象，相当于诗中的隐喻，一为无意识的话，是无法理解的，相当于诗中的暗示，但对禅悟尤为重要。例如：问"如何是佛祖西来意?"或答曰"镇州大萝卜头"，或答曰"青州布衫重七斤"，或答曰"麻三斤""干矢橛"等。[①] 其中所问所答，互不相干，看似一派胡言，却含有极深刻的道理；至少我们可以了解一点，即"禅"既不是"这个东西"，也不是"不是这个东西"。这种对话方式不正是超现实主义诗人所使用的自动语言吗？自动语言的旨趣或许就在求得如严沧浪所说："羚羊挂角，无迹可求"的诗中妙境。

在中国现代诗人中以禅境为诗境的可以周梦蝶为代表[②]，但显然他许多作品都是源自潜意识，而以超现实主义的暗示手法表现出一种既暧昧不可尽解而又圆融可以感悟的诗境。例如《蜕》一诗的最后三行：

> 明年骷髅的眼里，可有
> 虞美人草再度笑出?
> 鹭鸶不答，望空掀起一道雪色!

---

① 见《传灯录》。
② 详见拙著《论周梦蝶之诗境》。

这"虞美人草"不正像"镇州大萝卜头"一样令人难以理解却具妙用吗？此外，如"一只蝴蝶正为我/预言一个石头也会开花的世纪""谁能于雪中取火/且铸火为雪"等诗句，在周梦蝶的作品中累见不鲜。他的人生虽植根于这个世界，且较任何其他诗人都接近现实，但他诗的羽翼一直在太空飞翔，他诗中的意象来自现实而又超于现实。他唯有在艺术的创造过程中才能找到自我，求得生命的超越。我虽无意将他纳入超现实主义的范畴，但他的诗大多暗合于超现实艺术的特质。

五

本文的目的不在倡导任何主义派别，以作我们诗坛可能发展的导向，亦无意建立一个标杆，来评定中国现代诗的价值，而仅就某一角度来剖释并找出这个诗坛在发展中某些共同倾向。我一向不承认诗的实用价值；我国古诗中固然不乏意境高远，素质纯粹的诗，但"可以兴可以观可以群可以怨；迩之事父，远之事君"的实用诗为数亦多，且势力甚大，而对整个文学史产生一种误导作用。白居易在《与元九书》中说："仆所谓嘲风月弄花草而已，于时六义尽去矣。"只这两句话，便把他整生作品的价值一口否定，但历史证明，他的诗之能流传后世，且为欧美诗坛所推崇，却全靠他自己所否定的东西。

我认为诗的唯一价值是建立在"以有限暗示无限"（时空的

延展），"以小我暗示大我"（价值的延展）此一功能上，这也正是美学上"借殊相以写共相"的原则。我国纯粹诗最显著的一个特征即在表现个人与自然的融合；但诗人首先必须通过"自我"才能进入自然之中，并与它合一。因此，我始终无法苟同 T. S. 艾略特在《传统与个人的才能》一文中所强调的诗中"无我"的说法。"我"与"自然"在诗中得以融合，进而消除了心与物的冲突，我认为最有效的方法是暗示，而"直觉暗示法"也正是超现实主义最重要的表现方法之一。

我曾分析，今天我们诗坛的作品可概分为三类：第一类是实用诗（包括一些应酬之作），第二类是意象绚美素质纯粹的抒情诗，第三类是既具纯粹品质而又能把握时代精神与动向的诗。第一类毫无价值，不必讨论。第二类就纯美学观点来看，自有其地位，但抒小我之情，难成极品。至于第三类，是视为"现代人心灵之镜"的诗，这种诗能以完美的形式反映出民族与个人在这个时代中的生命情态和精神真貌，帮助我们去发现这个世界上某些我们前所未知的东西，并为我们找回一些我们一直相信是真实的但不幸久已失落的东西。这种诗是意识的也是潜意识的，是感性的也是知性的，是现实的也是超现实的，对语言与情感施以适切之约制，使不致陷于自动写作的混乱及感伤主义的浮夸，这也许就是我所谓的"知性超现实主义"的诗。